Mr. Wan C

Poe C

MACHINE

Verlag: myMorawa von Dataform Media GmbH, Wien
www.mymorawa.com

ISBN:
978-3-99129-198-5 (Paperback)
978-3-99129-196-1 (Hardcover)
978-3-99129-197-8 (E-Book)

PRINTED IN
AUSTRIA

„Möge es die Sorgen etwas zerstreuen.
Darüber würde ich mich sehr freuen.
Die ausgewählten Sachen
mögen bringen Euch zum Lachen."

Mr. Wan C

Sommer 2021

Poe C MACHINE

Die besten Werke aus den Alben:

Poet@troniC

das technische, berufliche Album

PrivaT

das private Album

PANDEMIA

das Pandemie Album

Die Gossn

Wegen an Einsotz in ana Gossn
musst i die Bude amoi verlossn.
Mit meinen jungen Johren
bin i in Wien no net fü gfohren.
Deshoib hob i mit an Autoatlas.
Oiso gemma. Pack mas.
In unserm Viertel
find i amoi locka bis zum Giertel.
Donn fohr i kerzengrod.
Nur beim Abiagn wor i zspot.
Oiso bleib i steh und schau in de Kortn.
Da Kunde muas jetzt no a bisl wortn.
I tua mi übern Plan hin bucken.
Wos i des durt für a Bruckn?
Olle schaun wia i schwitz
orientierungslos am Fohrasitz.
I glaub i was wias weida geht
wonn nix im Weg durt steht.
Nur de Strossn is a Einbohn
wo i jo net rein konn.
Oiso muas i wieda onders fohrn.
Da Termin der is verlorn.
I tua de Gossn nur umrunden.
I hob sie no net gfunden.
Jetzt kum i a no auf´d Tangentn.
I glaub i fohr bis zu meiner Rentn.

1993* / Poet@troniC

Bis zur Pension hat´s dann doch nicht gedauert.
Und ich habe sie auch gefunden. Aber es dauerte doch ein paar Stunden.
**** Dieses Frühwerk wurde während der Pandemie ordentlich überarbeitet.***

Da Auspuff

I bin einst auf da Tangentn gfohrn.
Und hob glott in Auspuff durt verlorn.

Auf amoi hot es gscheppat.
I denk ma: „Bist du deppat".

I schau in Rückspiagel eine.
Do liegt a Auspuff. Es wor da meine!

I konn nur nix mochn.
Wö i fahr durt 80 Sochn.

De hinta mia tan drüba roin.
Na. Des hob i net so woin.

1998 / Poet@troniC

Da habe ich einen bleibenden Eindruck hinterlassen. Nach einer wahren Begebenheit.

Das Millennium

Von der Häuslspülung bis zum Toaster.
Und sogar der Beichtstuhl in an Kloster.

All dieser Krempel bekam einen Stempel.
Um im neuen Jahrtausend zu garantieren
dass es wird auch funktionieren.

Es waren unterwegs jede Menge Tester
zu überprüfen ob überstehen wir den Silvester.

Hunderte Stunden wurde der Jahreswechsel simuliert,
alles ganz genau geprüft und inspiziert.

Und es wurde wirklich wahr,
wir alle haben erlebt das neue Jahr.

2000 / Poet@troniC

Anlässlich des Y2K Testwahns vor der Jahrtausendwende.

Das Interview

Wie viele Jahre schon zuvor
fuhr die Firma zum Skifahren
nach Hermagor.

Und am letzten Tag nach dem ganzen Saufen
wird noch bewerbsmäßig Ski gelaufen.

Unser Reporter wie wir ihn kennen
führt noch Interviews vor dem großen Rennen.

Um Mitternacht als endlich alles hergerichtet
er das Wort an uns richtet:

~ * ~

„I geh schnö zur Bar
und trink an Baileys oder zwa."

Nach einer halben Stund er dann wieder kummt.

Und wir sodann
die erste Dame zum Mikro bitten.
„Du zählst ja zu den Favoriten . . . . . „

Die Dame wor sehr adrett
und das Gespräch auch recht nett.

~ * ~

„I geh schnö zur Bar
und trink an Baileys oder zwa."

Nach einer halben Stund er endlich wieder kummt.

Und wir sodann
die zweite Dame zum Mikro bitten.
„Du wohns´t jo ´n Favoriten . . . . "

Des war jetzt ober komisch,
vielleicht mahnt er´s jo ironisch.

~ * ~

„I geh schnö zur Bar
und trink an Baileys oder zwa."

Nach einer halben Stund er dann endlich wieder kummt.

Und wir sogleich
die dritte Dame zum Mikro bitten.
„Du hoooost oba grossssse Titten . . . ."

~ * ~

Do griagt er sofurt a Watschn,
dos er fliagt aus de Latschn.

„Trogt´s eam viere durt zur Bar.
Er braucht an Sani oder zwa."

2000 / Poet@tronic

Inspiriert von einem mitternächtlichen baileysgeschwängerten Interview Reigen in Presseggen.

Der Datenpunkt

Ihr werdet seh'n.
Heute wird was weiter geh'n.
Wir kommen mit sieben Mann.
Zu zeigen was die IWKA so kann.

Gleich morgens mit´m Walter
haben wir überprüft den Schalter.
Und eingetragen ins Protokoll.
Es läuft ja heut ganz toll.

„Geh bitte wonn wer den Fortschritt funkt."
„Ja, wir haben schon einen Datenpunkt."

Der Elektriker sagt recht gehemmt,
er hätt sich da jetzt verklemmt.
Er würd brauchen a por Stund,
bis das wieder brummt.

Wir müssen die IB verschieben,
das Ventil ist stecken blieben,
Heute wird´s nix mit´n Regelkreis;
das Material kommt aus Niederleis.

„Geh bitte wonn wer den Fortschritt funkt."
„Heast, wir hom an Datenpunkt."

Und dann ging´s in die Pause,
es war gar eine deftig Jause.
Getrunken auch ein paar Biere,
es muss ja reichen bis um Viere.

Das Wasser in falsche Richtung rauscht,
weil die Leitungen sind vertauscht,
Das tut nix gutes heißen,
da müssen´s jetzt a noch schweißen.

„Geh bitte wonn wer den Fortschritt funkt."
„Heast, wir hom eh scho an Datenpunkt."

Was soll man dazu sagen,
Die Mannschaft tut sich plagen.
Die IWKA völlig von der Rolle.
Ein Desaster die Funktionskontrolle.

Burschen wir müssen jetzt uns steigern.
Sonst tan´s uns die Abnahme noch verweigern.
Alle san schon müde und verschwitzt
als bei der Wand das Glykol raus spritzt.

„Geh bitte wonn wer den Fortschritt funkt."
„HEAST, wir hom no immer an Datenpunkt."

Jetzt wird´s aber richtig schwer,
weil jetzt kommt die Feuerwehr.
Und pumpt raus die ganze Soße
aus´m gefluteten Geschosse.

Das ist dann der Zusammenbruch,
auf dem heutigen Tag liegt a Fluch.
Jetzt gehen wir aber alle Ham,
das kann ja keiner mehr dazan.

Nicht das er noch einmal funkt,
weil wir hom erst an Datenpunkt.

2002 / Poet@tronic

Nach wahren Begebenheiten auf einer Großbaustelle.
Inspiriert von Heiz Conrads Couplet „Der Ziegelstein".

Das Electronic Game

Das Electronic Game "Galaxy II" war mein großer Traum
und ich fand es wirklich unterm Weihnachtsbaum.
Ich spielte es in den Ferien stundenlang.
Meinen Eltern wurd schon Angst und Bang.

Ich bin oft zum Greißler gelaufen
um neue Batterien zu kaufen.
Es endete jedoch der Batterien Schwund.
Ein Netzteil vom Vater war der Grund.

Man konnte sogar die Spannung verstellen.
Na dann wollen wir das Spiel doch mal erhellen.
Und zu diesem experimentellen Behufe
stellte ich das Ding mal auf die höchste Stufe.

Es hat geleuchtet so fantastisch hell!
Nur die Freude war vorbei recht schnell.
Der Kondensator ist rauchend explodiert.
Hat doch nicht wirklich gut funktioniert.

Darum hab ich ein neues Teil eingelötet
und dabei das Spiel komplett getötet.
Da hab ich beschlossen ich werd Ingenieur.
Damit ich nicht noch ein Game zerstör.

2002 / Poet@troniC

Erinnerung an mein Lieblingsspiel in den frühen 80iger Jahren. Und vielleicht ein wegweisendes Ereignis.

Der Kurze

Jetzt hot er grissen einen Kurzen.
Und musst vor lauter Schreck noch furzen.

Finster ist es und es tut auch stinken,
da wird wohl keine Prämie winken.

Nun schnell suchen die blanke Stell´.
Auf das es wird wieder hell.

Mit Isolierband schnell umwickelt,
das Kabel wor jo g´stickelt.

Schalt man wieder ein den Kasten
und geben drauf die Lasten.

Mit einem lauten Knall
kam der FI erneut zu Fall.

*2004 / **Poet@troniC***

Und es ward finster ....

Die Gentlemen

Vor vielen Jahren im Hotel wir hatten
Weihnachtsfeiern in Anzug und Krawatten.

Damals haben wir ans Aufhören nicht gedacht
und bei der Feier auch gleich durch gemacht.

Zur Einhaltung des fixierten Kundentermin
fuhr man morgens mit dem Taxi durch Wien.

Am Einsatzort übermüdet dann gelandet
war der Kunde verwundert weil man so gewandet.

„Wir werden für den Einsatz hier schon sorgen.
Ihr müsst uns nur das Werkzeug heute borgen."

Und so ist es tatsächlich dazu gekommen
dass zwei Gentlemen haben die Wartung vorgenommen.

2004 / **Poet@troniC**

Die Gentlemen von der IWKA sind in jeder Lage für Sie da. Nach einer wahren Begebenheit.

Da Hr. Klein

Geh leck. Scho wieda Fruah.
Jetzt hot er oba gnua.
Er konn´s net pocken.
Er muas schon wieda in de Hockn.

Der Kaffee is ja nur a brauner Sud,
stellt er fest mit großer Wut.
Des Weckerl des is urndlich zach
und jetzt wird´s eam a no z´gach.

Jetzt sauft er moi an Alkohol
wö de Bim de is grammelt voll.
Und mit seiner Dosen Bier
drucken´s eam zube bei da Tier.

Volla Zurn kommt er in die Bude
do keifft a scho de Trude.
„Herr Klein,
woin´s net amoi pünklich sein!"

Am Nachmittag der Chef tut mit Bestürzung lesen,
dass der Klein schon wieder sei zu spät gewesen.
Das stimmt ihn jetzt gar nicht froh:
„Geh, Herr Klein kommen´s in mein Büro."

„Da Chef des G´frast, der Trottel."
Do sauft er no wos aus seiner Bottel.
Es steigt eam in´s Hirn der Fusel,
und er geht zum Chef im vollen Dusel.

„Herr Klein, wie schauen sie denn aus?
Ich bin entsetzt! Es ist ein Graus!
Ich muss sie jetzt verweisen!
Dann´s net no amoi so entgleisen!"

~ * ~

Der Bluza gibt eam net amoi in Weisl.
Des geht a feiern im nächsten Beisl.

2005 / ***PrivaT***

Angesichts so manch herunter gekommener Gestalt in Wiens öffentlichem Leben.

Und inspiriert von Edmund „Mundl" Sackbauer.

Da Hr.Klein ist eine fiktive Person. Jede Ähnlichkeit mit lebenden Personen ist rein zufällig.

Da Herr Klein - zweiter Teil

Herr Klein in letzter Zeit nicht entglitten
hat viele Wochen Arbeit daher bestritten.
Die Firma lädt Herrn Klein
alsdann zur Weihnachtsfeier ein.

„Wos, a Weihnachtsfeier!
Na, des geht ma auf die Eier!
Mit denen saufen in Punsch,
des is sicha net mei Wunsch."

„Mit dem bladen Wappler,
der fohrt mit´n Gabestappler.
Und der Trude, der oidn Tussn,
de immer nur tuat hussen."

„Und der Prokurist da Herr Franz
zieht donn sicha a Bilanz.
I hob ka Lust auf des Geschwafel,
a wenn i sitz bei gedeckter Tafel."

„Do geh i liaba zu mein Wirt´n,
der hast „Zum grünen Hirt´n".
Und sing mit meine Kneippen Briada
beim Saufen a por gscheide Liada."

2005 / PrivaT

Angesichts so manch herunter gekommener Gestalt in Wiens öffentlichem Leben.
Und inspiriert von Edmund „Mundl" Sackbauer.
Da Hr.Klein ist eine fiktive Person. Jede Ähnlichkeit mit lebenden Personen ist rein zufällig.

Das Gefängnis

Im sonnigen Burgenland
eine Solaranlage stand.
Der Zahn der Zeit hat seinen Tribut gefordert
deshalb hat man mich zum Einsatz hin beordert.
Die Anlage, man es kaum fasst,
war am Dach von einem Knast.
Ich habe meinen Augen nicht getraut,
der Aufstieg war im Zellentrakt gebaut.
Von fünf Wärtern schwer bewacht
hab ich mich auf dem Weg gemacht.
Der erforderliche Arbeitsgang
erwies sich doch als recht lang.
In der Zwischenzeit war Wachablöse.
Und das wurde für mich recht böse.
Ich wollte gehen und stand alsbald vorm Eisengitter.
Der Gesichtsausdruck der Wache war recht bitter.
Ich konnte es nicht fassen.
Er wollte mich nicht hinaus mehr lassen.
Das brachte mich ins Schwitzen.
Ich wollte dort auf keinen Fall einsitzen.
Nach endlos langer Diskussion
rief er an in der Wachstation.
Der Kommandant ihn sogleich ermahnte
was mir den Weg in die Freiheit bahnte.

2005 / Poet@tronic

Anlässlich einer wahren Begebenheit in der Justizanstalt Eisenstadt.

Die Messung

Wie schaut´s aus mit´n Strom?
No, da hätt ma 15 Ohm.
Und was ist mit der Spannung?
No do hob i jetzt ka Ahnung,
aber 120 Ampere
gabat´s Messgerät grod her.
Sog und die Leistung warad?
No do hätt ma 17 Farad.
Und es wird immer besser
I mess grod 130 Tesla.
Was ist mit da Induktivität?
120 Volt do steht.
Jetzt hom ma die Energie vergessen.
Ober geh. 250 Herz hom ma g´messen.
Was fürn´n Widerstand er hat,
es Messgerät zeigt on 270 Watt.
Jetzt brauch ma nur mehr die Gauß
und dann ist die Messung a schon aus.

2006 / Poet@troniC

In einer schlafarmen Nacht ausgedacht, noch in der Nacht notiert und tags darauf ausformuliert.

Die Überprüfung

Der Prüfer sitzt da mit dem LV*
und überprüft es ganz genau.
Er will es wissen auf Punkt und Beistrich,
und ist dabei auch noch recht kleinlich.
Man kommt doch recht ins Schwitzen
Tut man ihm so gegenüber sitzen.
Er lest dass die Schilder müssen sein graviert
und stellt fest sogleich das ist ja nicht passiert.
Und das Farbdisplay ist viel zu klein.
Dass muss ja sieben Zoll groß sein.
Die Beschriftung ist nicht so gelungen
wie in den Vorbemerkungen bedungen.
Und es entspricht nicht der Norm
wie des Regelschematas Form.
Der Schaltschrank ist nicht so lackiert
wie im Vergabeprotokoll genau fixiert.
Dann entdeckt er die Klemmdose
hängt in der Zwischendecke nur lose.
Damit ist für ihn der Punkt erreicht,
er die Abnahme für heute streicht.
Innerhalb der vertraglich vereinbarten zwei Wochen
wird er auf die fristgerechte Mängelbehebung pochen.

2006 / Poet@troniC

Anlässlich eines pedanten Prüfers bei der Abnahme, der tatsächlich jeden Satz der Vorbemerkungen in meinem Beisein nachgelesen hat.

** Leistungsverzeichnis*

Da Herr Klein – dritter Teil

Zu Silvester Herr Klein voll betrunken
ins tiefste Niveau ist abgesunken.
Das Auto hat eine riesen Delle
und er wacht auf in einer Zelle.

In seinem Vollrausch um halb vier
ist er gefahren gegen´s Polizeirevier.
Dabei hat er auch noch gesungen,
bis sie ihn endlich niedergerungen.

Sein Ärger der ist groß
den Deckel ist jetzt mal los.
Und bezahlen muss er den Schaden
gemäß dem Anwalt, dem ganz Bladen.

Da er für eine Woche festgenommen
kann er auch nicht zur Arbeit kommen.
Das Wasser steht ihm bis zum Hals,
sein Chef toleriert das doch niemals.

Aber er hat wieder mal ein Glück,
der Boss kommt länger nicht zurück.
Der ist Skifahren in St.Kathrein.
Nochmal gut gegangen für´n Herrn Klein.

2006 / PrivaT

Angesichts so manch herunter gekommener Gestalt in Wiens öffentlichem Leben.
Und inspiriert von Edmund „Mundl" Sackbauer.
Da Hr.Klein ist eine fiktive Person. Jede Ähnlichkeit mit lebenden Personen ist rein zufällig.

Der Sicherheitsbeauftragte

Heute werden wir über Sicherheit belehrt.
Was in der Arbeitswelt ist nie verkehrt.

Es kommt der Vortragende mit Gipsbein
schwer humpelnd bei der Tür herein.

Er soll berichten ohne Lücken
wieso er geht auf Krücken.

Er erzählt mit leiser Stimme
wie es ihm denn erginge.

Es war offen der Baustellenschacht
weil er die Vorschrift nicht bedacht.

Er murmelt ganz bestürzt,
er sei hinein gestürzt.

Alle nun verstohlen kichern.
Man sollte es eben sichern.

Ja. Ja. Das sei sein bitterer Lohn
dass er nun erntet Spott und Hohn.

2007 / Poet@troniC

Nach einer wahren Begebenheit.

Da Herr Klein – vierter Teil

Die Trude bringt dem Chef die Post herein.
Mit dabei eine Ansichtskarte vom Herrn Klein.

„Na schauns. Da ham mas!
Wos mocht da Klein auf de Bahamas?"

Der Chef verzieht die Augenbrauen.
Er kann seinen Blicken kaum trauen.

Im Hintergrund sieht man eine tolle Küste.
Und davor jede Menge nackte pralle Brüste.

„Geh Herr Chef, lesens gleich wos er schreibt.
Hoffentlich dos er no ewig long durt bleibt."

Der Chef versucht zu entziffern die Schrift.
Ja, war der Klein beim Schreiben denn bekifft?

„Ich sitz do gonz entsponnt fur ana Bambus Hitten.
Um mich herum san lauter geile Schnitten.
I muas mir do kane Drangln kaufen.
Es ist Ol inklusiv des Saufen.
Gestern hob i gonz bekifft ins Wossa eine gschifft.
Oba mochts eich kane Surgn.
I kumm ham eh scho übermurgn."

Dem Chef treibt es die Zornesröte ins Gesicht.
Das was er hat gelesen, das glaubt er nicht.

Mit dem Klein wird´s immer schlimmer.
Und bald sitz er wieder in seinem Zimmer.

„Jetzt bekomm ich doch einen ordentlichen Frust.
Ich nehm mir den Klein nach´m Urlaub mal zur Brust!“

2007 / ***PrivaT***

Angesichts so manch herunter gekommener Gestalt in Wiens öffentlichem Leben.
Und inspiriert von Edmund „Mundl“ Sackbauer.
Da Hr.Klein ist eine fiktive Person. Jede Ähnlichkeit mit lebenden Personen ist rein zufällig.

Da Herr Klein – fünfter Teil

Wegen dem alkoholischem Klumpatt
bin i scho wieda versumpert.

Jetzt is oba gnua,
wö es is scho wieda fünfe in da Fruah.

In drei Stund is Dienstbeginn,
na des haut heit net hin.

I zind ma no au a Zigaretten,
und fohr glei in de Orbeitsstetten.

Durt leg i mi mit mein Zacken
donn ins Büro auf de Dacken.

Späta loss i ma oba an storken Kaffee.
Der bringt mi schon wieda in de he.

Wonn donn da Chef vorbei kummt laut Plan,
siecht er mi orbeiten volla Elan.

2007 / ***PrivaT***

Angesichts so manch herunter gekommener Gestalt in Wiens öffentlichem Leben.
Und inspiriert von Edmund „Mundl" Sackbauer.
Da Hr.Klein ist eine fiktive Person. Jede Ähnlichkeit mit lebenden Personen ist rein zufällig.

Das World Wide Web

Die Nachricht im Internet
auf große Reise geht.
Der Wiener Computer es muss posten
sicherheitshalber in den Fernen Osten.
Der Datenserver in Laos
übermittelt jedoch nur mehr Chaos.
Da routet er über´n Satelliten
zum Backupserver nach Ägypten.
Dort ist kein Platz zum storen
deshalb schick er´s auf´d Komoren.
Jetzt braucht er eine Lizenz.
Die gibt´s wieder in Florenz.
Daher mit´m Breitband Router
schickt er´s einmal nach Kalkutta.
Von Indien über´s Telefon
sendet er´s nach Washington.
Von dort durch´s Impulsverfahren
kommt´s auf die Kanaren.
Und zum zwischen saven
geht´s nach New Haven.
Wegen der digitalen Signatur
überträgt er´s z´ruck nach Singapur.
Jetzt muss er die Daten aber hosten;
sicherheitshalber in den Fernen Osten.
Der Datenserver in Laos
übermittelt jedoch nur mehr Chaos.

2008 / Poet@troniC

Anlässlich eines delivery failure .....

Die Pensionisten

Host du gfunden wos i vermiss?
Aha. Donn is des dei Gebiss!

Und do furn in da Gruam
host a no dei Toupet verlurn.

Sog, wos is des duat in da Eckn.
Nau, des is dei Steckn.

Und do hint auf da Bonk lahnt no a Bein.
Nau. Des muas mei Hoizfuas sein.

Sog. Wieso host du heit nix bei dir.
Wos soll i mochn! Wann i ois verlier!

Oba moch da nur nix draus.
I find net amoi mehr zhaus.

*2008 / **PrivaT***

Na, das sind Aussichten.

Die AKS (Anlagen Kennzeichnung System)

Bei großen Projekten wollen sie es haben,
deshalb wir uns damit manchmal plagen.
Doch niemand hätte wohl gedacht
Was das Schicksal daraus macht.
Es lag an der Messung genau an jenem Ort
dass entstand so ein furchtbar Wort.
Der Schaltschrank stand im F Gebäude,
oh welch eine Freude.
In der Technikzentrale im Untergeschoss,
ist das nicht famos.
Gemessen wurde bei der Lüftung sodann die Feuchte,
weil man das ganz dringend bräuchte.
Stellt man dann Zusammen die ganzen Zeichen,
der Atem könnte einem weichen.
Die sind ja nicht ganz dicht,
da treibt´s einen ja die Röte ins Gesicht.
Unerbittlich blinke dann die rote Leuchte.
Wir hatten im „Futloch" eine Überfeuchte.

2009 / Poet@troniC

Anlässlich des Projektes Kulturdepot St.Pölten.
Nach einer wahren AKS*. Die Situierung des Datenpunktes ist jedoch frei erfunden.

~~~~~~

* Auszug AKS Kennzeichnung Land NÖ:

F … F-Gebäude	U … Untergeschoss	T … Technikzentrale	L … Lüftung
O … Obergeschoss	C … analoge Messung		H … Humidity
~~~~~~

Der Schaltschrank

Kaufst den Schaltschrank beim Ilic
ist er sicher nicht so bilic.

Kaufst den Schaltschrank beim Berger
gibt´s ganz sicher an riesen Ärger.

Kaufst den Schaltschrank bei der IWKA
dann bekommst an zum Preis von Zwa.

Drumm kauf den Schaltschrank bei der RKG
dann wird er ganz sicher ewig geh.

2009 / 2020 / Poet@troniC

Geschrieben vor langer Zeit. Ergänzt in der Pandemie.

Das Christkind

Ach, wie schnell die Zeit doch vergeht,
sich alles wieder ums Christkind dreht.

O Tannenbaum, O Tannenbaum.
Wird erfüllt mein Urlaubstraum?

Im Advent wenn die Kerzen brennen
jeder wird um Geschenke rennen.

Stille Nacht, heilige Nacht.
Bekomm ich meine Yacht?

Also, nicht vergessen, please remember.
Das Christkind kommt am 24. Dezember.

2009 / ***PrivaT***

Alle Jahre wieder

Die Dokumentation

Der bringt die Doku in zwa Kisten.
I hob net amoi a Listen.
Jetzt kramt a no an Datenträger hervor.
Des wird a Niederloge, des is klor.
De kontrollieren des stundenlang,
des wird mein Untergang.
Der hot sogar a Zertifikat
für´s Messgerät parat.
Des wird a riesen Pleite.
Ich hob jo nur a Seite.
Jetzt werd ich auch noch angesichtig
eines Planes wo die Fühler san lagerichtig.
Des wird a böse G´schicht
wenn ich um Nachsicht bettel,
weil ich hob nur an Zettel.
Sei gonze Doku wird in der Luft zerrissen,
sie würden so viele Unterlagen noch vermissen.
Die Hoffnung sinkt,
als er mich als nächsten zu sich winkt.
Unvermittelt sein Handy dann vibriert
und er abhebt ganz ungeniert.
Es is wos passiert in seinem Haus,
er muss sofort aus der Besprechung raus.
Er sogt nur kurz zu mir:
„A Überprüfung werd ma lassen.
De Doku wird scho passen."

2010 / Poet@troniC

Fast so passiert im Zuge einer Baubesprechung bei einem Großprojekt.

Der Strom

Kaum greifst in Strom
elektrisierst dich schon.

~ AC / DC ~

Egal ob Wechsel- oder Gleich,
du wirst im G´sicht ganz bleich.

~ PE ~

Es stehen dir die Haare zu Berge
wenn das Gerät hat keine Erde.

2010 / ***Poet@troniC***

Nur so ....

Der Unfall

~ Der 1.Unfall – Teil 1 ~

Ich fuhr zu einer Besprechung am Morgen
und machte mir dabei keine Sorgen.
Doch plötzlich starrte ich ganz gebannt
auf einen Wagen der mein Auto hat gerammt.

Ich schimpfte wie ein Rohrspatz
und fuhr links zu einem Parkplatz.
Um zu sehen nach dem Schaden
stieg ich aus dem Wagen.

~ Intermezzo ~

Da fuhr ein VAN vorbei zu knapp
und streifte mich doch glatt.
Doch der Fahrer hat es ignoriert
und fuhr weiter ganz ungeniert.

Jedoch bekam ich nur einen blauen Fleck,
aber sein Außenspiegel der war weg.
Ich sah wie er in hohem Bogen
ist vom Auto weggeflogen.

~ Der 1.Unfall – Teil 2 ~

Doch nun zurück zum Hauptgeschehen.
Die Dame vom anderen Auto blieb auch schon stehen.
Ich war ziemlich weiß ums Gesicht
als wir füllten aus den Unfallbericht.

Die Einigung war schnell vorhanden,
da die Dame ihre Schuld gleich eingestanden.
Der Schaden am Auto war gering
und es daher bald weiter ging.

~ Die Anzeige ~

Der Unfall schon wochenlang vorbei,
da erhielt ich ein Schreiben von der Polizei.
Ich sollte eine Strafe zahlen,
weil ich bin falsch zugefahren.
Ein Polizist von weiten hat damals erkannt
dass das Auto auf der falschen Seite stand.

Mich hat das Ganze voll erregt
sodass ich Einspruch hab eingelegt.
Der Sachverhalt wurde genau erhoben
und die Anzeige sodann zurück gezogen.

2010 / Poet@troniC

Murphys Law. Ein Unglück kommt selten allein. Nach einer wahren Begebenheit.

Die WM

~ 2010 – Vergabe ~

Das ist ja recht bizarr,
die WM ist 2022 in Katar.
Da hat´s 40 Grad im Schatten,
ob das die Buam dapacken?

Ob wir reisen in den Wüstenstaat?
Da hab ich keine Antwort noch parat.
Die Länderspiele werden es entscheiden,
müssen´s Niederlagen halt vermeiden.

~ 2015 – Verschiebung ~

Jetzt ist die WM im Advent,
weil es sich da besser rennt.
Selbst die FIFA hat nun endlich auch erkannt,
dass es im Sommer ist zu heiß im Wüstenland.

~ 2020 – Auslosung ~

Wir spielen wieder gegen die Färöer Inseln,
nicht dass wir nach einem Malheur noch winseln.
Diese fürchterlichen wilden Horden
kommen aus dem hohen Norden.

Hoffentlich werfen sie uns nicht raus.
Dann bleiben wir nämlich wieder Z´haus.
Da muss sich die Mannschafft konzentrieren
damit sie keines der Spiele wird verlieren.

~ 2021 – Qualifikation ~

Die Niederlage gegen die Dänen,
ich möchte nur kurz erwähnen
war eine der allergrößten Pleiten
in bisherigen Quali Zeiten.

Hoffentlich gehen sie bald wieder zu Werke
in der vollen mannschaftlichen Stärke.
Denn jetzt müssen sie oft noch siegen
damit sie zum persischen Golfe fliegen.

~ 2022 – Fortsetzung folgt ~

2010 / 2015 / 2020 / 2021 / ***PrivaT***

Gedanken zur Fußball WM in Katar.

Die HTBLA

(Offizielle Version)

Es sprach einst der „*Mechanik Franz*“,
verständlich war es nicht so ganz,
„*Dama multi, dama multi, dama mal rechnen*“.
Oh, wie lang ist´s her,
er sagte auch: „*Mehr Ruhe mehr*“;
ganz verbissen las er aus dem Buch,
„*Macht´s es trocken das Tafeltuch*“,
damit wir zeichnen können auf das Board,
die „*Pyramandtiramide*“, ach, was für ein Wort.

~ HTBLA ~

Wir hatten auch den Chemiker,
der hatte sein Fach verdammt gut drauf,
und sagte immer: „*Geh Tafel, schreib auf*“.

~ HTBLA ~

Der Elektroniklehrer kam in den Saal
und sprach sogleich vom Integral,
aber keiner hatte eine Ahnung,
dafür gab´s gleich Entwarnung,
das ist der Stoff vom nächsten Jahr,
na das ist ja wunderbar.

~ HTBLA ~

Und wir hatten auch den Mathematiker,
konnte man nicht Berechnen den Sinus,
gab´s dafür gleich auch mal ein Minus,
Als einer lies einen mächtigen Furz,
so überlegte er nur kurz,
und lies viel Nachsicht walten
wenn er meinte: „*Wenn sie den Körper*
entsprechend unter Kontrolle halten!".

~ HTBLA ~

Der Geometrielehrer wenn ich Euch es sage,
hatte eine besondere Gabe,
und hielt die Zeichnung ins Gegenlicht,
und erkannte sofort, ohne Hilfslinie geht's ja nicht!

Und zu bunt war die Zeichnung auch,
das war nicht gar so schlau,
denn er hatte was gegen
Zuckerlrosa und gar Himmelblau.

~ HTBLA ~

Und wir hatten auch den „*Regeltechnik Hans*",
mit dem machten wir nen besonderen Tanz,
den Regeltechnik „*Tscha, Tscha, Tscha*".

~ HTBLA ~

Und bei der „*Englisch Siglinde*“,
ich sag´s Euch geschwinde,
ist es nun ein Originalzitat:
„*Jetzt kommt jeder raus zu mir und holt sich einen runter*“,
na aber Hallo, da war die Klasse dann gleich munter,
und damit keiner bekommt einen allzu großen Schock,
sei zur Aufklärung gesagt,
es war gemeint ein Zettel von einem Block.

„*Schululuss.*“

2011 / Poet@troniC

Anlässlich des 20jährigen Maturatreffens in der HTBLA Hollabrunn. Erinnerungen an die Schulzeit. Wird nur bei Insidern seinen vollen Flair entfalten.

Die Namen wurden aus Datenschutzgründen verändert oder ersetzt.

Die Verwechslung

Es raunt beim Arzt mir zu Hr.Wimmer:
„Da sitzt ein Influenza im Wartezimmer."

Ich habe mich sogleich erschreckt,
weil starken Husten ich bei ihm entdeckt.

Der arme Mensch ist ja schwer krank.
Hoffentlich hilft was aus dem Ärzteschrank.

Der Doktor kommt aus der Ordination im nu
und geht schnurstracks auf den Typen zu.

Er spricht in strengem Ton: "Hier ist das Rezept für ihren Vater.
Nur machen´s das nächste Mal nicht so ein Theater!".

Moment mal. Irgendwas stimmt da nicht.
Man googelt nach und bringt´s ans Licht.

„Na da schau her!", kommt´s mir über die Lippe.
Der komische Kerl hat ja gar keine Grippe.

Der Influencer ist lediglich ein Lobbyist
der bei seinem Tun nur online ist.

2011 / Poet@troniC

Man kennt sich ja nicht mehr aus vor lauter YouTuber, Blogger, Twitterer usw..

Das Handy

Hallo! Ich brauch ein neues Telefon.
Kommen´s weiter. Ich betreue sie schon.
Wir haben ein ganz neues Modell.
Oh. Toll. Das ist aus ihrer Werbung. Gell?

Ja, ich zeig ihnen das beste Gerät,
das auch in unserer Werbung steht.
Es ist installiert Office von Microsoft.
Oh. Toll. Glaubens das brauch ich oft?

Und mit dem Surfen sind sie live dabei.
Oh. Toll. Das heißt ein Urlaub auf Hawaii.
Ich verstehe nicht? Aha! Ein kleiner Scherz.
Aber schaun´s. Es funktioniert mit 900 MHz.

Und es hat auch eine Weckfunktion.
Oh. Toll. Aber ich bin schon in Pension.
Sie können auch ein Navi starten.
Oh. Toll. Aber ich sitz ja nur im Garten.

Und mit der Kamera können´s fotografieren.
Oh. Toll. Aber ich will doch nur telefonieren.
Aha. Ach so. Na dann les ich mal die Betriebsanleitung.
Weil für die Meisten hat diese Funktion ka Bedeitung.

2011 / Poet@troniC

Seid ihr alle up to Date? Und ward beim letzten Handytausch nicht zu spät?

Das Essen

Es hoit meist um´s Essen geht.
Wenn´s Zumpfal nimma steht.
Do wirst jo a urndlich verwöhnt.
Nur dos dabei hoit kana stöhnt.
Wobei noch so an Bradl, an fetten weichen
kummst a scho amoi ins Keichen.
Und de Engaln heart ma singen und lochen
wenn es Schwartl tuat urndlich krochen.
Und dazua no an Grünen Vetlina.
Na. Wir brauchen heit kan Sex mit da Betina.
Spagetti in ana großen Schiessel
des is zum Glück da Schliessel.
Oda so a Schnitzel mit Panier.
Des fress ma eine mit lauta Gier.
Donn ess ma no a Sacha Tortn
wö wir kriagn heit eh kan Hortn.
De Frau soi abends nur keiffen.
„Du host jo schon wieda kan Steiffen!"
Wir hom des guade Essen heit genossen.
Wurscht dass uns die Manneskraft verlossen.

*2011 / **PrivaT***

Es Zumpfal wird jo überbewertet. Moizeit!

Adults only

Der Bach

Mit einem lauten Krach
fährt das Auto in den Bach.

Ein neugieriger Passant
ist sogleich eiligst angerannt.

Der Fahrer steht am Wagen drauf
und schreit: „Hüfe! I dasauf!".

„Oba geh. Wos homs denn blos.
Do wern de Fias net amoi gscheid noss."

„Der Boch der is so seicht,
do is jo net amoi urndlich feicht."

Und weil der Notruf schon abgesetzt,
kommen die Einsatzkräfte angehetzt.

Die Feuerwehr kann ihn retten
und sanft auf eine Trage betten.

Der Bach ist leer. Der Mann ist voll
mit zwei ganze Promille Alkohol.

2012 / **PrivaT**

Erinnerung an eine wahre Begebenheit in meiner Kindheit.

Die Entgleisung

Ich war beim Doktor Blutdruck messen.
Ich werde es nicht vergessen.

Der Messbereich war zu nieder.
Dem Arzt fuhr der Schreck in die Glieder.

Ich habe sofort bekommen eine Überweisung
wegen meiner hypotonischen Entgleisung.

Ich sollt mich sofort ins Spital begeben
sonst würde ich es nicht überleben.

~ * ~

Da lag ich dann auf der Bahre
und war ganz verwirrt
was um mich herum so schwirrt.

Die mit dem weißen Kittel
sucht jetzt das Notfall Mittel.

Der Andere macht klar die Infusion.
Zwei Literbeutel hingen schon.

Der Dritte macht mich nackig
und hängt mich ans EKG ganz zackig.

Der Vierte telefoniert mit dem Primar.
Die Lage sei nicht so klar.

„Der hat einen Blutdruck von 300.
Dass der noch lebt mich wundert."

Der Primar darauf hin hat
am Sonntag den Dienst angetreten
weil die Mannschaft ihn darum gebeten.

~ * ~

Der schrecklichste Moment war als ich gesichtet
dass im Nebenraum der Defi wurde hergerichtet.

Dann haben sie mir gegeben ein Medikament
dass den Blutdruck massiv senkt.

Und noch was gespritzt
bis der Blutdruck wieder sitzt.

Nach Stunden war´s dann soweit.
Ich war von der Lebensgefahr befreit.

~ * ~

Und da mich der Blutdruck nicht konnte killen
nehme ich seit her jeden Tag sechs Pillen.

*2012 / **PrivaT***

Großer Dank an die Ärzte des Stockerauer Krankenhauses.

Der Gärtner

Der Gärtner soll einen Baum mal fällen
damit der Garten sich wird erhellen.

Nur der Mann im grünen Gewand
ist leider schon lang im Krankenstand.

Eines Tages läutet es am Gartentor.
Mama geht raus und sieht nach vor.

Es frägt ein Mann im schwarzen Zwirn:
„Wonn leg man um?". Und runzelt seine Stirn.

Blankes Entsetzen steht Mutter im Gesicht.
Sie erkennt den Gärtner leider nicht.

In Panik sie meint vor der Villa
steht ein mafioser Auftragskiller.

Es erkennt die Todesangst der Kerl
und schreit: "Ich bin´s doch, der Ferl!".

Nun war aufgelöst die ganze Geschichte
und Tage später umgehackt die alte Fichte.

2012 / *PrivaT*

So wie ihr es jetzt gelesen, so ist es damals auch gewesen.

Kurz zur Erklärung: Der Ferdinand war auf einem Begräbnis und wollte auf dem Rückweg den Termin ausmachen. Daher trug er den schwarzen Anzug samt Sonnenbrille.

Der Star

Ich hob an You Tube Kanal.
Do hob i tolle Abonnenten,
die monchmoi a wos spenden.
Sog, bin i jetzt a Sta?

Ich hob an Twitter Acount.
Ich hob ganz viele Folga,
von da Donau bis zur Wolga.
Sog, bin i jetzt a Sta?

I hob a Facebook Profil.
Und jeder kennt´s,
weil i hob so viele friends.
Sog, bin i jetzt a Sta?

I wor bei ana Talenteshow.
Do schauen zu Millionen.
Und bewerten tut der Bohlen.
Sog, bin i jetzt a Sta?

Jo, du Depp! Oba nur
von Ans bis hoiba Zwa!
Alles andere wär total vermessen,
denn sie haben Dich längst vergessen.

2013 / PrivaT

Anlässlich der ganzen Super Star und Mega Talent Suche ....

Da Erb aus Steyr

Kommt der Erb aus Steyr
und macht hier eine Feier.
Sogleich kommt Mr. Wan C angesaust
weil da wird ja auch geschmaust.
Da feiern wir dann den alten Recken.
Was wird er wohl in Pension aushecken?

2013 / **Poet@troniC**

Antwort auf die nachstehende Einladung von Hans Erb zu seiner damaligen Pensionierung.

Jahraus, jahrein musste ich auf Aufträge pochen,
das sitzt mir ganz schön in den Knochen.
Ab jetzt will ich nur noch sitzen oder liegen
bis sich unter mir die Balken biegen.
Mit einer kleinen Pensionsfeier
beende ich zum Glück die alte Leier.

mit freundlicher Genehmigung von Hans Erb.

Viva España

~ Buenas dias ~

Mit el aeroplano der erste Flug
uns ins heiße España trug.

In den Badesachen von Adidas*
sagt man im Hotel dann: „Gracias!“.

~ Buenas tardes ~

Mit el Barco vom Puerto aus
segeln wir zur kleinen Isla raus.

Dort liegt man am Playa in el Sol
und fühlt sich besonders wohl.

Dann geht man rein ins klare Mar.
Das kühle Aqua ist doch wunderbar.

~ Buenas noches ~

Die Hotelbar wird immer volla.
Die Señora sagt freundlich: „Hola“.

Man bestellt bei ihr: „Por favor“,
einen Cocktail wie so oft davor.

*2013 / **PrivaT***

Olé. Spanisch für Anfänger. Inspiriert von einem traumhaft schönen Urlaub.

**** Adidas ist eine geschützte Marke der adidas AG.***

Der Denkmalschutz

Wir sollen nur eine Leitung verlegen,
jedoch sind besondere Umstände gegeben.

Der Raum steht unter Denkmalschutz.
Also aufpassen auf den Deckenputz.

Diese Info zur Sub Firma nicht durchgedrungen,
das Stemmeisen wird daher geschwungen.

Seit um sieben in der Fruah
stemmt er oba die Stukatur.

Am Nachmittag der Architekt
den Schaden dann entdeckt.

Wer ist denn der Berserker,
sperrt´s ihn in nächsten Kerker.

2014 / Poet@troniC

Nach einer wahren Begebenheit.

Der Umweg

Wir waren für einen Termin beim Kunden
leider an den bestimmten Tag gebunden.

Doch an jenem Datum wegen Forstarbeiten
musste man den Verkehr ganz anders leiten.

Wir konnten nicht vom Norden rein ins Tal.
Es folgte ein riesen Umweg. Welche Qual.

In den Süden fuhren wir mal schnell
bis ins Alpenvorland nach Mariazell.

Von dort kurzerhand ins Tal hinein.
Es kann so weit ja nicht mehr sein.

Zum Termin kamen wir viel später.
Es waren dann noch mal 50 km.

Da die Sperre am Abend zum Glück beendet
haben wir den normalen Weg dann verwendet.

2014 / Poet@troniC

Anlässlich eines zweieinhalbstündigen Umweges bei der Anreise nach Frankenfels im Pielachtal.

Des Wedda

Des Wedda is a Schas.
Es is scho wieda z´haas.
Jeden Tog scheint nur de Sunn.
Wonns so weida geht donn kumm i um.
Mehr ois 40 Grad im Schottn
Des muast amoi dapockn.

Doch wos wü ma mehr.
A Koitfront de ziagt her.
Des Wetter is a Schas.
Jetzt is jo nimma haas.
In gonzn Tog tuast nur schittn.
I mech um a bisl Sun nur bittn.
Der Regn der nimmt ka End.
Hoch san scho de Pegelständ.
Wir hom nur 12 Grad heit.
I hoff dass net so bleibt.

Doch wos wü ma mehr.
A Wormfront de ziagt her.
Des Wetter is a Schas.
Es is scho wieda z´haas.

2014 / ***PrivaT***

Des Wetters ewiger Kreislauf.

Die Werkstatt

Letztens mir das Auto ist verreckt.
Und sie haben es gleich abgeschleppt.

In der Werkstatt wird es nun gewartet.
Die Diagnose per Computer sofort gestartet.

Die Datenleitung glüht,
um eine Lösung ist man sehr bemüht.

Die umfangreiche Diagnose
ging leider in die Hose.

Kein Fehler war zu finden. Es ist zu dumm.
Die Techniker stehen ratlos um das Auto rum.

Der Lehrling stellt sich kurz zum Wagen.
Und man hört ihn aufgeregt nun sagen:

„Na da schau her!
Der Tank ist leer!"

*2015 / **Poet@troniC***

Es war einmal ein Mechaniker ....

Der Schas

Mit einem leisen Zischen
ist er mir entschlichen.

Mit etwas mehr Volumen
fing er dann an zu brummen.

Und mit noch mehr Gas
wurd´s ein richtig lauter Schas.

Dann waren zu hören in der Toiletten
ein paar ordentliche Doubletten*.

Und der melodisch fabrizierte Hall
gipfelte in einem gar lauten Knall.

Und zum ersten mal im Leben
hat´s sogar Applaus gegeben.

*2015 / **PrivaT***

Der Reim, ihr werdet es nicht packen, fiel mir ein beim Gacken.

* In diesem Kontext schussartige Doppelfürze.

Da Wimmer

Wie Recht du hast. Lang ist´s her
dass mich plagt nichts mehr.
Es schmerzt mal hier mal dort.
Ja, die Jugend die ist fort.
Aber was soll das ganze Klagen,
ich werde das älter werden wohl wagen.

2015 / Poet@troniC

Antwort auf die nachstehenden Geburtstagsgrüße vom ehemaligen Arbeitskollegen Hans Wimmer, der mittlerweile verstorben ist.

Vorne grau und hinten kahl,
ach die Jugend war einmal.
Doch was nützt denn das Gewimmer,
alter Freund es wird noch schlimmer.

~ In Gedenken an Hans Wimmer ~

Die stille Nacht

Wir haben ein tolles Weihnachtsfest verbracht.
Und es wurde dabei deutlich später als gedacht.
Die Zeit war schon weit fortgeschritten
als wir sind in den Schlaf geglitten.

Spät in der Nacht der Hund knurrt und bellt.
Es sehr beharrlich an der Türe schellt.
Vor dem Eingang steht die Polizei.
Es sind Beamten an der Anzahl Drei.
Die Störung zu so später Stunde
bringt leider keine frohe Kunde.
Ein Betrunkener hat verursacht großen Schaden
am draußen auf der Straße geparkten Wagen.

Wir ziehen uns beide schnell was über
und gehen zur anderen Straßenseite rüber.
Dort sitzt der Randalierer bei einem Baum.
Die Handschellen halten ihn im Zaum.
Das Auto ist komplett verwüstet.
Wir sind total entsetzt und entrüstet.

Bis dann endlich alles war geklärt
die Nachtruhe blieb uns verwehrt.
Als wir konnten endlich schlafen gehen
war die Morgendämmerung schon zu sehen.

2015 / PrivaT

Die aufregendste Weihnachtsnacht aller Zeiten. Nach einer wahren Begebenheit am 25.Dezember 2014 gegen Drei Uhr morgens.

Das Navi

„Ihre Route wird berechnet."
I hob im Elektronikmorkt
ein Navi mir besorgt.
Des klane Ding kon gor fü,
jetzt kumm ma immer schnö ons Zü.
„Im Kreisverkehr nehmen sie die dritte Ausfahrt."
De Strossn, de is leer!
Do gibt´s kan Kreisverkehr.
Es geht grod aus kilometerweit.
Ausse fohrn war do net so gscheit.
„In Hundert Meter rechts abbiegen."
Wir san in ana Schlucht!
Do gibt´s niergens wo a Flucht.
Links a hoher Fölsen, rechts a Boch,
Abiagn!? Nau, das i net loch.
„Folgen Sie der Straße für 5 km."
De Strossn tut hier enden!
Es is net amoi a Plotz zum Wenden.
Jetzt muas i zruckschiam ewig long.
Und des Auto hot kan Ruckwertsgong.
„Sie haben ihr Ziel erreicht."
Des kummt bekonnt mir vor!
Is des net unser Ausfahrtstor!?
Wie sche worn doch die alten Fohrten.
Noch aner detaillierten analogen Korten.

2016 / ***Poet@troniC***

Anlässlich der zahlreichen ungewollten spektakulären Ankünfte in der Botanik.

Da Hans

Bist du komplett unterbelichtet?
Du hast damit die Leitung abgedichtet!

Dieser Hanf war zum Inhalieren.
Und nicht zum Leitung installieren.

Ich könnt vor Wut laut pfauchen.
Jetzt haben wir nichts zum Rauchen.

Und ein kleines Vermögen
steckt in den Leitungsbögen.

Es ist doch nicht zu glauben.
Da tränen mir die Augen.

Hans, du tust die Arbeit hier sofort beenden.
Wir werden dich für anderes nun verwenden.

Jetzt geh mal holen eine ordentliche Jause
für unsere wohlverdiente Mittagspause.

2016 / Poet@troniC

Des schofft kana bis auf´n Hans zu verwechseln des mit´n Dichtungshanf.

Der Fühler

Wir sollten mal einen Fühler erneuern.
Der Kunde wird´s bis heut bedauern.

Die erste Firma brachte die Leiter
Und dann ging es auch schon weiter.

Die zweite Firma stieg empor
und holte den Fühler hervor.

Und im vollem Höhenrausch
begann der Fühlertausch.

Zu guter Letzt
kam noch die RKG angewetzt.

Es wurde kontrolliert der Wert
ob er ist nicht gar verkehrt.

Und festgestellt mit großer Freude
der Fühler funktioniert am Gebäude.

Der Kunde hat die Rechnung dann gelesen;
es sind ja gleich drei Firmen da gewesen.

Das gibt´s ja nirgends auf der Welt
dass das kostet so viel Geld.

2017 / Poet@troniC

Anlässlich eines Aussenfühlertausches durch drei Firmen.

the concert

Before the concert the band from Down Under
warmed up with lightning and thunder.

The time was eight o clock
as they began to rock.

They started the show in Brisbane
with their „Rock´n Roll Train“.

In the arena the excited crowd
made some noise very loud.

Then they rang the giant bell
to introduce „Highway to hell“.

For the people they made a tribute
as they fired a big gun to salute.

The audiance shouted encore, encore!
And so they played three songs more.

In the last decades they earned a lot of fame.
So I tell you now: „AC/DC is their name.“

2017 / ***PrivaT***

My tribute to the best Hardrock Band of all time. I salute them!
In rock we trust!

Die Bedienungsanleitung

Um die Anlage aufzudrehen
müssen sie im Menü auf „Schalter“ gehen.
Dort scrollen sie dann ganz nach unten
und sie haben den Button schon gefunden.

Dann schalten Sie den Zustand von „AUS“ auf „EIN“.
Dazu müssen Sie in das Sub Menü jetzt rein.
Um das zu tun fahren sie mit der Maus
auf das Symbol das ausschaut wie ein Haus.

Und jetzt darf ich sie bitten
dass sie mal Doppelklicken.

Es geht dann auf das nächste Fenster
und dort drücken sie dann Enter.
Mit der Eingabe des zwölfstelligen PIN
haut die Umschaltung auch gleich hin.

Schauen Sie nach in Kapitel Zehn.
Dort werden sie den PIN gleich sehn.
Nur werden sie nicht hysterisch.
Der PIN ist leider alphanumerisch.

Und jetzt darf ich sie bitten
dass sie mal Doppelklicken.

Um den PIN zu prüfen muss das System neu puten.
Dieser Vorgang dauert höchstens ein paar Minuten.

Und mit dieser Prozedur ist es bestätigt.
Die Anlageneinschaltung schon getätigt.

Um bereit zu sein für die nächsten Schritte.
Müssen sie zurück in die Menü Mitte.
Um das zu tun stellen Sie den Cursor
unter das Symbol das ausschaut wie ein Mörser.

Und jetzt darf ich sie bitten
dass sie mal Doppelklicken.

Sehen Sie, dass war ja nicht so schwer.
In den nächsten Kapiteln erfahren sie noch viel mehr.
Und die Bedienung aller Parameter
wissen Sie dann dreitausend Seiten später.

2018 / Poet@troniC

Anlässlich der Erstellung einer Funktionsbeschreibung.

Die Etikette 2.0

Will man Einladen jemanden in einer Bar,
dann überreicht man zuerst ein Formular.

Man muss in Absatz Eins mal beeiden
dass man Körperkontakt wird vermeiden.

Und im nächsten Punkt glaubhaft erklären
dass man sich überhaupt nicht will vermehren.

Wenn darüber sich Beide sind im Klaren
darf man den Namen mal erfahren.

Dass man sich generell gut benimmt,
dem hat man ohnehin schon zugestimmt.

Und zu guter Letzt noch versichern,
dass man darf beschwipst auch kichern.

Und wehe es ist im Antrag was verkehrt
da wird man vom Barkeeper gleich belehrt.

Und wenn dann alles ist kontrolliert
werden die Drinks auch schon serviert.

Und da nun Beide endlich auch dürfen
kann man gemeinsam Cocktail schlürfen.

2018 / ***PrivaT***

Anlässlich so mach kurioser Diskussion über die Benimmregeln.

Der Cyborg

Ein Cyborg wie er im Buche steht
letztens an mir vorüber geht.

Mit seinem zwei Beinprothesen
ist er schneller als ich gewesen.

Durch seiner neu eingebauten Hüfte
springt er wieder durch die Lüfte.

Neue Fitness wurd ihm zum Geschenk.
Der Arzt implantierte ein Titan Gelenk.

Der Herzschrittmacher verleiht ihm neue Kraft.
Ich hätte diese Leistung nicht geschafft.

Und mit dem neuen Hörgerät
auch geflüstertes er versteht.

Mit Kontaktlinsen neuester Generation bedacht
sieht er jetzt einwandfrei auch in der Nacht.

Ich bin vollends vor Neid erblasst.
Warum haben´s mir sowas noch nicht verpasst.

2018 / Poet@troniC

Unglaublich was schon alles geht. Nur wo endet dieser Weg?
Inspiriert von den Borg aus „Star Trek – Next Generation".

Die Alexa

Die KI´s werden immer komplexer,
das sieht man an der Alexa.

Kommst am Abend müde du nach Haus,
wählt sie die richtige Musik dir aus.
Und zur flotten Abendgestaltung
wählt sie aus einen Film zur Unterhaltung.
Und für jede Stimmung
hat sie beim Licht die richtige Dimmung.

Damit Einbrecher werden nicht zur Plage
aktiviert sie selbstständig die Alarmanlage.
Mit ihren Sensoren und voller Intelligenz
bewacht sie dann deinen Mercedes Benz.

Kommt der Kühlschrank leer ihr vor
kauft sie sogar ein im Online Store.
Und am Morgen sie dich zärtlich weckt
weil sie deinen Kalender natürlich checkt.

Die alte Version hat´s noch nicht vermocht,
seit Neuem frischen Kaffee sie dir auch kocht.
Und man glaubt es kaum
für viele ist sie der ultimative Traum.

2018 / Poet@tronic

Anlässlich einer selbst erlebten Alexa* im Einsatz.

KI .... Künstliche Intelligenz

Alexa ist ein eingetragenes Warenzeichen von Amazon.

Das Bordell

Die Adresse des Einsatzes recht unscheinbar.
Was ich dort vorfinde sollte war mir noch nicht klar.
Verwundert war ich ordentlich.
Als ich sah das Haus voll rotem Licht.
Doch die Erkenntnis kam recht schnell.
Es handelte sich um ein Bordell.

Na, da werde ich heute noch was erleben
und ging in den Keller die Störung zu beheben.
Nach der Arbeit beim Schein unterschreiben
meinte der Besitzer ich soll doch noch bleiben.

„Es geht heute auf´s Haus.
Such dir einfach eine aus!"
„Meine Hasen
tan da gern an blasen."
So standen sie aufgereiht an der Bar.
Und ich war geil, na das ist ja klar.

~ SEX ~

De ane hot an riesen Busen
und fongt glei au wia wüd zum Schmusen.
De ondare wor unten voll behaart.
Nau, in de wor i sofurt gonz vernarrt.
Und de Sara, a wenn´s schen is,
hot leida an murdstrum Penis.
De nächste wor total tätowiert
und woits treibn durt zu viert.

De Lisa wor gonz glott rassiert
und hot man glei massiert.
I hob scho de gonze Zeit an Ständer.
Geh schreibt´s man no so an Termin in Kalender.
Und bei der mit de spitzen Brüste
griag i glei no mehr Gelüste.

Mit wöchana von de Ludern
soll i denn jetzt budern?
Ah! Do hinten de klane Dicke.
Des is de mit der i glei ficke.

~ SEX ~

„Die Wahl wird da nur nix nutzen.
De Dame ist nur do zum Putzen."
„Aber wennst jetzt bist in Nöten.
I polier dir a dei Flöten."

Daraufhin war ich ein bisschen irritiert.
Fuhr Nachhause und hab dort masturbiert.

2018 / Poet@troniC

Die Handlung ist frei erfunden. Jede Ähnlichkeit mit tatsächlichen Ereignissen ist rein zufällig.

Adults only

Da Kurti

Der Kurti wer ihn kennt
hat auch mal n Loch im Hemd.

Mit diesem Gewande so bestückt
ist er zum Kundentermin ausgerückt.

Bei der Cariatas war´s ein Schaden.
Nur schnell das Programm neu laden.

So klopfte er ans Tor
und es kam ein Kopf hervor.

"Er soll jetzt wieder gehn
die Suppe gibt´s erst ab Zehn"

2019 / Poet@tronic

Nach einer wahren Begebenheit.
Mit freundlicher Genehmigung von Kurt Milchram.

Das Passwort

Legst du an an User,
des is nix für Luser.
Musst das Passwort doch vergeben,
das merkst da nie im Leben.
127 Zeichen,
na das wird jetzt aber reichen.

2019 / Poet@troniC

Beim Ärgern .....

Die Drohne

In Nachbars Garten man hat erspäht
dass sich dort was hat bewegt.
Voller Neugier startet man die Drohne.
Vielleicht ist die Nachbarin ja oben ohne.

Vor lauter Freude es man kaum packt,
sie ist überhaupt ganz splitternackt.
Sie liegt am Pool uns lässt sich bräunen.
Ja, diese Szene will man nicht versäumen.
Man zoomt und sieht ihre Blöße
am Display nun in voller Größe.

Doch der Akku leuchtet rot
dass ist der nahe Drohnen Tod.
Das Fluggerät ohne Power
stürzt ab hinter der Gartenmauer.
Ins Wasser fällt es platschend sodann hinein.
Dann hört man die Nachbarin laut schrein.
Das Spielzeug ist leider nun dahin.
Es endete im Pool als Submarine.

~ Vers 18+ ~

Die Nachbarin ist auch vollends böse.
Weil man gesehen ihre rasierte Möse.
Abends der Nachbar war zu Besuch ein Weilchen.
Deshalb hat man jetzt ein ordentliches Veilchen.

2019 / Poet@troniC

Ein Land voller Piloten. Anlässlich der zahlreichen Medienberichte über zunehmende Probleme mit dem beliebten Fluggerät.

Das Modem

Damals war´s ein großer Hit,
das Modem mit 14,4 Kilo Bit.

Dann kam die Steigerung auf 56k.
Das war ja schon ganz wunderbar.

Und die Entwicklung führte zu DSL.
Es funktionierte schon recht schnell.

Aber mit einem Lichtwellenleiter
geht´s natürlich noch viel g´scheiter.

Heute mit 1000 MBit Datenraten
müssen wir auf nichts mehr warten.

2019 / Poet@roniC

Wir haben es alle noch im Ohr, das Quietschen des Modems viele Jahre zuvor.

Das Klopapier

In der Pandemie du legst den Focus
auf das Papier für den Lokus.

Es plagen dich die Sorgen.
Es gibt kein Klopapier für morgen.

Der Schweiß dir auf der Stirne steht.
Das Klopapier zur Neige geht.

Blatt für Blatt gehen sie zu Ende
die Klopapier Bestände.

Die Panik die bricht aus,
du hast kein Klopapier mehr Z´haus.

Der Schrecken steckt dir in den Knochen.
Das werden harte Wochen.

~ Lokus Pokus ~

Das Klopapier deiner Wahl
ist nicht mehr im Regal.

Im Supermarkt daher wir alle fordern
mehr Klopapier zu ordern.

Es soll wieder liegen auf den Tischen
das so sehr begehrte Gut zum Wischen.

Wann können wir wieder schöpfen aus dem Vollen
und erhalten jede Menge Rollen?

~ Lokus Pokus ~

Nach harten Tagen der Entbehrung
kommt die große Klopapier Vermehrung.

Du jubelst begeistert zu dem Retter
der liefert mit dem Sattelschlepper.

Die Not die wird nun enden.
Eine Rolle du hältst in Händen.

Mit Verzückung sie findet sogleich Verwendung
an der entscheidenden Körperendung.

Erleichtert murmelst du die Wörtchen:
„Alles wieder gut am stillen Örtchen."

2020 / ***PANDEMIA***

Anlässlich der großen Klopapier Krise.

Das Tempo

Früher hast du bekommen einen Brief,
alles schön langsam lief.
Immer das Tempo steigern,
den Fortschritt nicht verweigern.

Dann kam das Faxgerät,
es damit schon schneller geht.
Immer das Tempo steigern,
den Fortschritt nicht verweigern.

Dann wurde das Mail bekannt,
und die Geschwindigkeit rasant.
Immer das Tempo steigern,
den Fortschritt nicht verweigern.

Heute jeder hat ein Smartphone,
und sieht die Mails in Echtzeit schon.
Immer das Tempo steigern,
den Fortschritt nicht verweigern.

In Zukunft bekommen wir einen Chip in´s Hirn,
damit wir die Nachrichten sofort kapieren.
Immer das Tempo steigern,
den Fortschritt nicht verweigern.

2020 / ***Poet@troniC***

schneller- höher – weiter ...

Die Oma

Die Oma is Hundert wurn
und donn is sie g´sturm.
Genau so wie sie es immer woit
dass genau an dem Tog da Hergott hoit.

Sie wor gern in geselliger Runde
auch bis zur vorgerückten Stunde.
Hot oft g´mocht a guat´s Essen
und dabei auf Nochspeis net vergessen.

Wos hom wir oft g´locht
jede menge Spässe g´mocht.
Amoi hob a mi im Schronk versteckt
und hob´s daschreckt.
G´schichten hot´s ma dozöht,
des war a schene Wölt.

Sie hat an Wein gern trunken.
An Wein. I wein jetzt a.
Dicke Tränen rinnen
mir über die Wangen.
Sie ist von uns gegangen.

Im Heim is g´wesen jetzt am Schluss.
Oba sie hat´s nima gwusst.
Sie hot uns nima kennt,
hot uns net beim Nomen g´nennt.

Demenz hot´s g´hobt.
Demenz - des is nix schens.
Sie hot g´lebt in der Vergongenheit.
In längst vergessner Zeit.

Die Oma is Hundert wurn
und donn is sie g´sturm.
Genau so wie sie es immer woit
dass genau an dem Tog da Hergott hoit.

2020 / ***PrivaT***

~ In Gedenken an Emilie Schindler ~ 11.02.1920 – 11.02.2020 ~

Der Error

Lieber Gott!
Du host an Fehler g´mocht.

Pandemie und Terror.
In dein Programm is a Error.

Wüst net amoi die Parameter neich justieren,
sunst wirst de gonze Menschheit noch verlieren.

Wie war´s mit an Virenschutz
der da Wölt a wirklich nutzt.

Und bisal wos bei´d Leit adaptieren
damit wir uns net massakrieren.

Pandemie und Terror.
In dein Programm is a Error.

Vielleicht a neiche Subroutine,
damit die Welt kummt auf Schiene.

Geh, schau no amoi auf den Code
damit uns nicht das Ende droht.

Moch an achten Tag der Schöpfung.
Schau oba zu uns wos do abgeht,
und installier a urdentlich´s Upgrade.

2020 / PANDEMIA

Anlässlich des Terroranschlages in Wien während der Pandemie.

Die VR Brille

Letztes Jahr war mein Wille
zu kaufen eine VR Brille.

Da erlebst du jede Menge Abenteuer
auch mit so machen Ungeheuer.

Ich war überaus fasziniert
was in der virtuellen Welt so passiert.

~ Star Wars ~

Ich war mitten im „Krieg der Sterne“
in einer Galaxie in weiter Ferne.

Ich flog mit meinem lichtschnellen Flieger
und war ein mächtiger Jedikrieger.

Mit meinem schweren Laser Blaster
eliminierte ich die imperialen Gfraster.

Dann verfolgte ich den dunklen Lord
bis zu einem ganz düsterem Ort.

Dort hat Darth Vader sein Lichtschwert entfacht
und mich an den Rand der Niederlage gebracht.

Doch mit ein paar mächtigen Lichtschwerthieben
konnte ich den Schurken dann doch besiegen.

~ Weltenbummler ~

Und überall auf der Welt
kannst hinreisen ohne Geld.

Du siehst Orte weit entfernt
die du sonst nie kennen gelernt.

So tanzte ich in Havanna
Rumba mit ein paar Kubaner.

Und in der Südsee auf Hawaii
sah ich beim Tauchen einen Hai.

Auch mit dem Schiff bin ich gefahren
zwischen den Inseln der Kanaren.

Am Strand von Mauritius
spielte ich mit einer Kokosnuss.

~ Boxen ~

Von Rocky Balboa persönlich trainiert
stieg ich in Philadelphia ins Geviert.

In Runde Drei hab ich mir einen Uppercut gefangen
und bin sofort schwer KO gegangen.

Und auch wenn man hier verliert
dir im Wohnzimmer daheim ja nix passiert.

Gehst kurz zum Kühlschrank für ein Bier
und machst weiter dann in Runde Vier.

~ AC/DC ~

Beim Konzert von AC/DC in River Plate
man mit der Band auf der Bühne steht.

Während du stehst im Raum im Eck
rockst on Stage zu „Back in Black".

Und hüpfst hinterher Angus Young
in seinem legendären Entengang.

Wenn dann frenetisch jubeln die Massen
ist das erhebende Gefühl kaum zu fassen.

~ VR ~

Ich sage euch das ist ganz famos.
In der virtuellen Welt ist immer was los.

2020 / Poet@troniC

Ich bin absolut begeistert von den virtuellen Welten und kann es nur jedem empfehlen.

Video Live

Es gibt einen neuen Hype.
Wir reden nur mehr über Skype.

Man bespricht alles im Detail
und verschickt so manches File.

Man erspart sich Zeit und Geld.
Das machen´s jetzt überall auf der Welt.

Und dabei ist es auch nicht so wild
wenn jemand rennt woanders nackt durchs Bild.

Man freut sich über die Abwechslung, die Kleine.
Und erkennt die nackte Frau, das war die Meine.

*2020 / **Poet@troniC***

That´s Live.

Die Pandemie

Die Pandemie,
de mocht mi hi.
De Drecksau, das Schwein,
muss das den wirklich sein.
Hau ma´s urdnlich in de Goschn,
jetzt wird de Pandemie verdroschen.

Jetzt muss Vorsicht walten.
Müssen Abstand halten.
Haben eine Maske im Gesicht.
Doch das wollen wir nicht.
Jetzt wird de Pandemie verdroschen.
Hau ma´s urndlich in de Goschn.

Vom Osten bis in Westen
gehen jetzt alle testen.
Unsere Liebsten können wir nicht herzen,
was uns tut besonders schmerzen.
Darum wird de Pandemie verdroschen.
Hau ma´s urndlich in de Goschn.

Wir wollen zum Wirten gehen
und unsere Freunde sehen.
Und viel zu lange ist uns schon entgangen,
wie die Künstler auf der Bühne sangen.
Hau ma´s urdnlich in de Goschn,
jetzt wird de Pandemie verdroschen.

Sollst brennen im Höllenfeuer
du beschissenes Ungeheuer.
So schreien wir es aus voller Kehle,
brüllen uns den Frust von der Seele.

Hau ma´s urdnlich in de Goschn.
JETZT wird de Pandemie verdroschen!

2021 / ***PANDEMIA***

Idee während einer Autofahrt in der Pandemie.
Ausformuliert an einem der vielen langen Lockdown Abende.

Die Quarantäne

Hast du irgendwelche Pläne?
Na, i bin in Quarantäne.

Bist du da jetzt isoliert?
Na, wir san eh zu viert.

Kaunst net ausse auf die Gossn?
Na, do wer ma sofurt daschossn.

Und wüst du do net schimpfen?
Na, do hüft uns nur es impfen.

Is des net a großer Schas?
Na, wir rauchen eh a Gras.

*2021 / **PANDEMIA***

In der Pandemie.

Der Kahn

Eine salzige Brise umspielt mein Gesicht.
Vor mir liegt der weite Ozean im Abendlicht.
Mein Blick schweift in die Ferne.
Dort im Osten sehe ich schon zwei Sterne.
Ein leises Rauschen. Die Wellen brechen am fernen Strand.
Und spielen noch ein bisschen mit dem weißen Sand.
Das Schiff schaukelt mit dem Gezeitengang.
Ich glaube die Nacht die wird noch lang.
Keinen Moment will ich jetzt hier versäumen.
Und werde bis morgen Früh am Deck noch träumen.

Irgendwo im Atlantik, Pazifik
oder indischen Ozean da segelt dieser Kahn.

Im türkisen Wasser, dem kristallklaren
werden wir alsbald weiter fahren.
An des Schiffes Steuerbord Seite
erstreckt sich des Meeres unendliche Weite.
Eine Gruppe von Delphinen begleitet uns ein Stück.
Ich sehe zu und die Seele jubelt voller Glück.
Getrieben vom warmen Wind segelt das Schiff
zum verlassenen Ankerplatz beim nächsten Riff.

Irgendwo im Atlantik, Pazifik
oder indischen Ozean da segelt dieser Kahn.

2021 / ***PrivaT***

Sehnsucht nach der Ferne ....
Und ich leugne es nicht. Beim Schreiben lief eine Träne über´s Gesicht.

Da Frisör

Zu meine Hoor do kummt ka Scher.
Na, i geh sicha net zum Friser.
Es soll wachsen eine Matten
so wie wir sie in den 80igern schon hatten.

2021 / ***PANDEMIA***

Eine allergische Reaktion auf den Virus.

Vielleicht kauf i mir no a Guitar
und wer Hard Rock Star!

Oh hell Yeah!

Da Frisör – zweiter Teil

Die Frisur ist mir total entglitten.
Eine Niederlage hab ich erlitten.

Mit Hannes Kartnig hat man mich verglichen.
Jede Freude am Haupthaar ist damit gewichen.

Der Blick in den Spiegel zeigt es echt.
Der Kritiker hat ja auch noch Recht.

Die ganze Situation ist komplett crazy.
Ich wollt doch aussehen wie einst Patrick Swayze.

Jetzt da ich mich so blamiert
werden die Haare doch rasiert.

*2021 / **PANDEMIA***

Grrrr. Anlässlich eines tatsächlichen Vergleiches.

Die Milch

Zwei Ingenieure und ein dritter mit Diplom,
jedoch wir haben keine Milch. So ein Hohn.

Es bleibt das Fach im Kühlschrank leer,
die Organisation einfach viel zu schwer.

Trotz geballter Kompetenz ist es nicht zu schaffen.
Wir trinken schwarz den Kaffee aus unseren Karaffen.

2021 / Poet@troniC

Anlässlich des dauerhaften Milchnotstandes in unserer Abteilung.

Das Leben

Ich bin beim Wirt gesessen
und hab ein Schnitzl g´essen.

Ich war in der Cabrio Therme
und genoss die wohlige Wärme.

Ich sah im großen Saal im Kino
einen alten Film mit Al Pacino.

Ich hab besucht das Metropol
und fühlte mich dort richtig wohl.

Ich war im Stadion in der Alten Au
und bejubelte den SV Stockerau.

Ich besuchte auch ein Open Air.
Und das gefiel mir doch sehr.

Ich saß auch am weißen Strand
mit einem Cocktail in der Hand.

Ich bin dann leider aufgewacht
im Lockdown Nummer Acht.

*2021 / **PANDEMIA***

das Leben war ein Traum war das Leben

Da Herr Klein trifft in Wurbala Fredl

Da Herr Klein vor Jahren
ist damals Taxi g´fahren.
Es war draußen in der Provinz,
irgendwo in der Nähe von Linz.

Eine Gestalt am Wegesrand
hebt winkend seine Hand.
Er müsst jetzt hier zu einer Kulturgala.
Da Herr Klein erkennt sofort den Wurbala.

„Na des is oba leiwond. I bin a groβa Fan.
Kumans eina in mein Van."
„Vergessn hom´s me, de auszuckten Gfrasta,
des wird heit no a gnadenloses Desasta."

„Oba geh. I umfohr de Radarfalle
in 15 Minuten san ma bei der Halle."
Seit dem Tag „Wurbala Fredl"
steht im Taxi auf an Autogramm Zedl.

2021 / ***PrivaT***

Aus´n Leb´n hat´s eam g´rissen.
Wir werden ihn sehr vermissen!

~ In Gedenken an Alexander Bisenz, einem Helden meiner Jugend.
Danke für die vielen unterhaltsamen Stunden. ~
Da Hr.Klein ist eine fiktive Person. Jede Ähnlichkeit mit lebenden Personen ist rein zufällig.

Da Wigl Wogl

Sperr ma auf oda sperr ma zua?
I hob vom hin und her scho gnua.
Derfens eina oda net?
Kana sogt wias weida geht.
Herts auf oda gehts no weida?
Won sama endlich gscheida?
Moch man auf in Schani Gorten?
Oder lossens uns no länga worten?

~ Da Wigl ~

Wie long dauert de Ausgongsperre?
De gonze Nocht! Nau Habedere!
Wiafü Leit derfn in Supermorkt jetzt eine?
Na bei der klana Greß net mehr ois Neine!
Derf i jetzt boid in a Theater gehn?
Na! Bist bled!? Des muast verstehn!
Nau sog wos soll i donn mochn?
Sauf di au und fong au zu lochn!

~ Da Wogl ~

Wir miassen uns jetzt registriern
sunst wird da Wirt nix serviern.
Ohne dass uns in da Nasen born
kenn ma net ins Gosthaus fohrn.
A Masken trogn im Gsicht,
des is jo jetzt scho fürchterlich.
Und am Tisch sitzen hächstens vier.
Oba es gibt a Schnitzl mit Panier!

2021 / PANDEMIA

Wir sind schon sehr geschunden, wann ist die Krise überwunden?

Die VR Brille – zweiter Teil

~ Playroom ~

Es stehen Arcade Flipper Tische
in der virtuellen Spiele Nische.

Du brichst einen Rekord nach dem andern
und wirst bald zum nächsten Flipper wandern.

Und das finde ich besonders cool
man kann spielen Billard oder Pool.

Beim Darts ich sicher dann länger bleibe
zum Pfeile werfen auf die runde Scheibe.

~ Tennis ~

Mit meinem imaginären Freund dem Dennis
spiel ich oftmals eine Runde Tennis.

Auch in der virtuellen Welt wird gekämpft ganz verbissen
sodass ich hab mir beim Aufschlag mal das Kreuz verrissen.

Leider ruhe ich nun am Sofa in der Realität
weil bewegungsmäßig halt nix mehr geht.

Ich kann in nächster Zeit nur spielen Schach,
weil ich glaub, ich lieg hier länger flach.

2021 / Poet@troniC

Trotz der erlittenen Sportverletzung bin ich noch immer absolut begeistert.

Der Team Event

Wenn wir mit der Firma eine Reise machen
lassen wir es immer ordentlich krachen.
Es stellte sich nur die bange Frage:
Sind wir auch 2021 noch dazu in der Lage?

~ RKG ~

Doch zuerst arbeiteten wir wie wild
am neuen Unternehmens - Leitbild.
Es wurde geschrieben und gedacht.
Aber auch gescherzt und gelacht.
Und wenn mich der Eindruck nicht trügt
haben sich auch alle ganz toll eingefügt.
Somit wurde beim Seminar viel erreicht.
Auch wenn es war mitunter nicht so leicht.

~ RKG ~

Auch beim Mountain Cart
waren wir groß in Fahrt.
Nur die Anreise war recht kompliziert.
Weil wir haben uns ein bisal vernavigiert.
Nachdem wir haben die Strecke gefunden
drehten wir ein paar schnelle Runden.
Auch ein starker Regenguss
schmälerte nicht den Renn Genuss.
Bei einem Sturz hat sich wer verknöchelt.
Am Schluss hat er nur mehr g´röchelt.
Und wie immer wen wir wo waren
sind wir ins Spital halt g´fahren.

Wir wurden rasch informiert
dass der Fuß wird nicht amputiert.
Es sei nicht so schlimm gewesen.
Der Kollege wird in einem Jahr genesen.

~ RKG ~

Beim steirischen Abend haben wir gut gegessen.
Nur beim Feiern danach jedoch die Zeit vergessen.
Die Sperrstunde längst überschritten
als die Polizei steht in unserer Mitten.
Wir sollen sofort schlafen gehen.
Sie würden da keinen Spaß verstehen.
Wenn wir nicht schnell kooperieren
werden sie uns noch inhaftieren!

~ RKG ~

Oh weh! Oh weh!
Das war der Team Event der RKG.

2021 / Poet@troniC

Nachbetrachtung des Team Events in der Steiermark im Juni 2021.

Um die Eingangsfrage noch zu klären:
Wir haben das Niveau absolut gehalten
und gehören sicher noch nicht zu den Alten!

Das EM Achtel Finale

Um 21 Uhr war es endlich so weit.
Österreich will bringen Italien in Verlegenheit.

Ich hab mich vor Anpfiff schon in Stimmung gebracht.
Weil ich reichlich an Alkohol gedacht.

~ EM ~

Daher in einer kurzen Pause am Rasen
musst ich entleeren dann die Blasen.

Und weil das Klo ist gonz hint
hob i hinglegt an 10 Meter Sprint.

Man will ja nix versäumen
wenn wir schon vom Aufstieg träumen.

In der ersten Hälfte waren wir a bisal unter Druck.
Aber in der zweiten Hälfte wor ma wieder z´ruck.

~ EM ~

Österreich hot geschossen das erste Tor.
Nur war es wegen Abseits donn net wohr.

Do wor i grod fertig mit dem Sackel Chips.
Und woit aufreißen de Erdnuss Flips.

Wia de Italiener donn in Führung gehen
blieb mir vor Schreck das Herz fast stehen.

~ EM ~

In der 100. Minuten bin i zum Kühlschrank glaufen
weil ich brauchte noch mehr zum Saufen.

Und wia se hom des zweite Tor geschossen
hob i mir grod des ochte Bier eingegossen.

Kurz drauf hom ma den Öfa donn net kriagt.
Do hob i volla Wut mei Oide gwiagt.

Späda beim Anschlusstreffer
schmiss ich um de Becher.

Bin voll begeistert aufgesprungen
und hab „Ole Ole Ole" gesungen.

Donn fischt der italienische Goalie den Boi aus der Ecken
und i beiß volla Frust in unser karierte Decken.

~ EM ~

Am Ende bin i fix und fertig auf der Bank gesessen
Und hob dabei fost zum Luft hoin vergessen.

Voll verschwitzt wor mein Gewand.
Oba i wor stolz auf unser Land!

2021 / PrivaT

Immer wieder Österreich! So erlebte Herr Klein das Achtel Finale.
Da Hr.Klein ist eine fiktive Person. Jede Ähnlichkeit mit lebenden Personen ist rein zufällig.

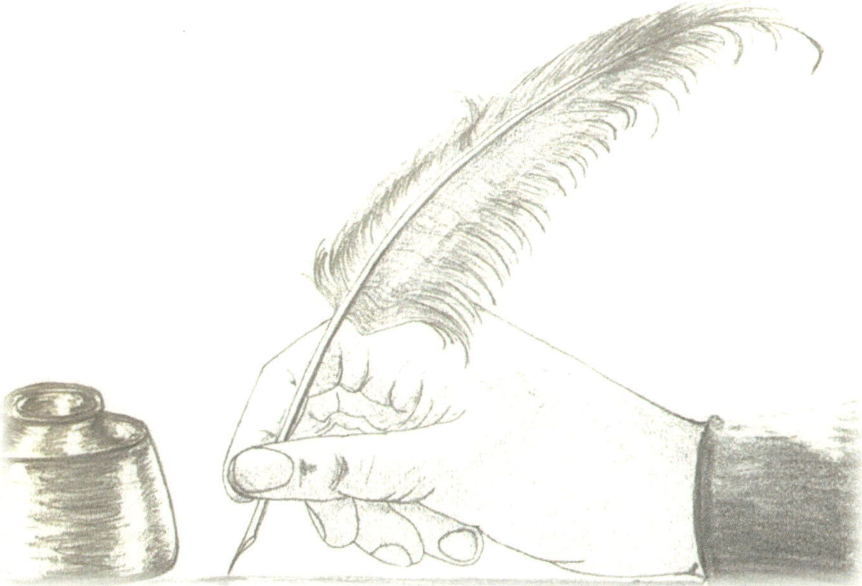

Illustration by Diana Schaden

All Lyrics by Mr. Wan C

Es erkennt ihn ein jeder an seiner spitzen Feder.

Wan.C@gmx.at

Mr. Wan C

Ing. Thomas Wanzenböck alias Mr. Wan C wurde am 7. März 1972 in Stockerau geboren. Kindergarten und Pflichtschulen absolvierte er in Stockerau.

Danach besuchte er die HTBLA in Hollabrunn in der Fachrichtung Regelungstechnik und schloss die Ausbildung 1991 mit der Matura ab.

Beim anschließenden Bundesheer wurde er als Fernmelder ausgebildet und absolvierte bis ins neue Jahrtausend Milizeinsätze.

Seit 1992 ist er als Projektleiter bei einer Wiener Firma im Bereich Gebäudeautomation und Regelungstechnik beschäftigt.

Schon seit seiner Kindheit hat er am Reimen großen Gefallen gefunden.

Seit den 90iger Jahren schließlich verfasst er dann auch Gedichte, die aber allesamt unveröffentlicht blieben. Während der Pandemie widmete er sich wieder vermehrt dem Thema. Es entstanden etliche neue Werke und viele alte wurden überarbeitet.

Wobei es seit jeher thematisch zwei Poe C Alben gab. Poet@troniC, das technische, berufliche Album und PrivaT, das private Album.

Mit der Pandemie 2020 kam dann noch ein drittes Album dazu. PandemiA, das Album über die Pandemie.

Im Jahr 2021, nachdem seine Poesie Maschine so richtig zu laufen begann, entschloss er sich eine Auswahl der Werke aus allen drei Alben unter dem Titel „Poe C Machine" zu publizieren und wann immer möglich auch Live zu präsentieren.

„Danke an alle Förderer und
Gönner.
Es war und ist mir einer Ehre!“

Mr. Wan C